KB056725

글벗시선 196 황희종 첫 시집

저 높은 곳을 향하여

황희종 지음

서언

시집을 출간하며

나의 글쓰기를 시작은 중학교 때 국어 시간에 한 선생님은 일기가 우리 삶에 매우 중요하다는 말씀을 듣고 돈이 없어 백로지에 쓰기 시작한 게 고희가 넘은 현재까지 하루도 빠짐없이 쓰고 있습니다.

그 옛날 시골에서 상경하여 복잡한 서울 달동네 산동네 살면서 공직자로 20년을 근무하다가 흙냄새가 물씬 나고 도농이 잘 어우러진 고양시에서 내 고향처럼 정붙이고 살면서 평소 관심이 많은 삶 속에 문학 학교를 찾아서 좋은 선생님을 만나 수필과 소설을 3년여 동안 배우는 동안 수필은 1년 만에 등단하였습니다.

그러다 어느 날 작가 모임에 초대를 받고 가보니 내로라하는 사람들의 시와 소설을 쓰는 것을 보고 큰 도전을 받았습니다.

최근 시설이 잘된 복지관에서 좋은 선생님을 만나 다시 3년여의 시를 배우던 중 코로나로 배움의 길을 막혔을 때 거지같이 이곳저곳을 찾았습니다.

최근엔 인터넷의 발달로 유튜브에서 여러 곳을 뒤지다 보니 한 문학TV에서 집중적으로 열심히 강의 하는 것을 보고 새롭게 정립이 되었습니다.

1, 2권의 강의 책을 총체적으로 묶어진 것을 발견하여 더 힘을 얻고 매일 1, 2시간씩 12회를 연속적으로 듣다 보니 자신감이 생겨 200여 편의 시중 일부를 늘 헌신적인 글벗을 통해 올리게 되었습니다.

아직은 미약합니다. 그동안에 쌓은 보석과도 같은 일기와 시를 갈고 다듬어서 어두운 세상에 빛과 소금의 사명으로 불우한 이웃에게 참 희망과 용기의 삶을 꼭 전해주고 싶습니다. 아름다운 동행, 대단히 감사합니다.

2023년 5월

차 례

제1부 자유의 십자군

제2부 하늘의 소방관

제3부 가시덤불 속에 핀 백합

제4부 본향으로

제5부 나도 아파요

■ 서평

제1부

자유의 십자군

쓰레기가 따로 있지

나는 한때
즐겁게 학문을 넓힌다고
한 푼 두 푼 모아질 때마다
책을 사고 모았다

하루 이틀 해가 갈수록
나이와 함께
점점 무거워지는 짐 더미 중에 짐 덩이

가족은 나의 서재를 볼 때마다
죽기 전에 어서 정리하란다

그렇게 얘기한 지 몇 년이던가
나는 그럴 수가 없어
쓰레기로 가기 전
전수자를 찾기 시작한다

어렵디어렵던 그 시절
용돈이 모자라

월급 때마다 떼고 또 떼어
어렵게 산 한 두 권의 책이
이제는 수백 권

나이가 들다 보니
잘 보이지도 않는다
보기도 힘들어진다

이 귀한 책이
쓰레기로 가기 전
가장 중요한 책부터
하나둘 짐을 싼다
어찌 이렇게노 싸기 힘들까

귀한 딸 시집보내는 건
일도 아니다
좋은 사위 만나 잘 살면
오죽이나 좋으련만
그렇지 못할까 봐
하나둘 만지고 다시 세어본다

특히
전문 서적 같은 교재는

구하기도 힘들지만
값도 비싸다

나는 나의 사랑하는 책을
더 늦기 전에
귀한 이에게 전수하련다

한 알의 밀알이 썩어져
열매를 맺듯
백배의 결실을 맺고 싶다

코로나 속 구경꾼

그 옛날
장군이 옷을 입고
외롭게 춤을 춘다던
조그마한 무 의도에
구경꾼들이
길거리마다 주차장을 만든다

서해안 시대
국제 신도시라고 할까
코로나19 시대
가까운 곳이라고 멋모르고 갔다가
밀물에 놀란 차들이
겁먹고 도망치듯
나 살려라 빠져나온다

여름엔 여름대로
겨울엔 겨울대로
옛 장군을 본다고 차고 넘치니
산을 깎고 갯벌을 넓혀서
용맹스러운 무도장을 만들어보세

신 세배

세상 참 많이 변했다
신정과 설날이 되더니
다시 설날로 돌아왔다

줄을 잇던 귀향길에서
노파들의 역 상경으로
조상께 제를 지내더니

코로나19 탓인가
코로나 오미크론 탓인가
코로나 팬데믹 때문인가

맞절 세배도
맞절 제사도
드라이브 스루로 대변한다

옛날 같으면
감히 상상도 못 했던 일들이
벌어지고 있으니
현대와 미래는
어떠한 세배가 될까

패딩 세상

언제부터였던가
온 천지에 보이는 사람마다
꽥꽥하던 오리가 변하여
패딩에서 패딩으로 줄을 잇는다

그 옛날
우리의 선조들은
목화송이로 만든 솜바지와 저고리가
오늘날 패딩처럼 몸을 감쌌네
솜 모자
솜 양말
솜 옷
솜 이블
솜이 없는 곳이 없었다

오리는
사람을 위해 내 몸까지 내어주고
생의 최후에는
따뜻한 털로 보답하거늘

지성과 감성을 가진
현대의 사람들은
이 세상을 위해
무엇으로 보답하는가

한계를 넘고 넘네

한 때는
해와 달의 시계가
시간을 가리키더니

언젠가는
라디오 속에 작은 사람이 들어있어
말을 한다고 하더니

내 나이 어릴 때는
자그마한 시계 판에
날짜가 나오고
요일이 나온다더니

현대는
손바닥보다 작은 모니터에
손가락 하나로 치기만 하면
만물박사님의 답이 나온다

인간이 지구를 지배하고
호령한다고 하지마는
전능자 앞에선
개미만도 못한 것이
사람이 아니던가

기러기의 행복

코로나로
온 세상의 발을 묶어도
통제에서 해방하고자
담대한 사람의 선두가 되어
해방을 노래한다

그들은
기러기가 먹이 찾아가듯
밥을 먹는 곳엔 줄을 서고
유명 여행지엔 여행지대로
백화점 시장통 마당엔
쇼핑에 자유를 다한다

인간의 자유로운 삶이란
빼놓을 수 없는 법이다

그래서 예부터
나에게 자유가 아니면
죽음을 달라고 하지 않았던가

헷갈립니까

문화 시민의 상징은
질서이겠지요

질서 중에 으뜸은
당연 교통이겠지요

보행 중 무단횡단
차량은 신호 위반 주정차 위반이 대표적이지만
난 작은 것부터 소리를 전한다

공중화장실
공원 등에

나는 플라스틱
나는 스티로폼
나는 비닐
나는 빈 병을 받습니다 라고 했는데

사람들은 바쁜 탓인지
아무 데다 버림으로
헷갈립니까 하고 묻네요

이웃 사촌

그 옛날부터
피는 물보다 진하다 하지만
피도 피끼리 잘 어울리지 못하면
다툼으로 못 쓰고 말겠지요

형제간에도
서로 믿고 의지하며
자주 정답게 만나지 않으면
이웃사촌보다 못하게
변해가는 것이
이 세상이 아닌가

안 갈 수 없는 곳

아무리 코로나가
기승을 부려도
가지 않을 수 없는 곳이 어디든가

아무리 오미크론이
기승을 부려도
가지 않을 곳이 어디 있던 가

오래전
이민자의 한 말 중에
외국에 가보니
먹고 보고 구경하는 맛에
산다고 했다

그 옛날 우리는
오직 먹기 위해 살다가
먹다 죽어간 사람이 얼마이던 가

인간의 사는 목적은

보람 있게 살다가
그때에 웃음으로 가야 하는데

살다 보면
유전적으로
자기 잘못으로
외부 질병으로
때 이른 삶을 마감한다

그렇지 않기 위해
어쩔 수 없는 사람들의
병원에는 코로나가 무색하게
거미줄 같은 줄이 끊기지 않는다

영과 육의 잘 배우고
고칠 때는 잘 고치고
명예롭게 잘 벌고
명예롭게 잘 쓰고
그분이 오라 하실 때
명예롭게 가야 하지 않는가

자유의 십자군

그 먼 옛날
젊은 나이에
자유의 십자군으로 파병
주야 가림이 없는 전투에도
살아남은 걸 생각할 때마다
감사가 떠오른다

미지의 나라
정글의 나라
타잔의 나라
낮엔 낮대로
밤엔 밤대로
전선이 없는 정글 속에서도
때론 쉬는 날도 있었다

내일을 알 수 없는 전우들은
부모 형제와 애인들에게
편지를 쓰며 위로받지만
이것도 저것도 없이

나라를 원망하거나
향수를 못 이긴 전우들은
전투에 앞서
아쉽게도 먼저 죽어갔다

코로나로 3년째
나름대로의 고난을 헤치고
열심히 사는 사람들은
더 건강하게 사는데
모든 걸 포기하고
방콕이나 하면서 좌절한 사람들은
코로나라는 전투에 앞서
이름 모를 질병으로
때 이른 나라로 달려간다

칼뱅의 말이 아니더라도
감옥에서도
주어진 환경을 잘 개척하며
열심히 살면
우리에겐 결코
어려운 것만은 아닐 것이다

그들의 빈자리

젊은 나이에
나라의 부름을 받은 청년들은
국군으로
전경, 의경으로
방위병으로 배치를 받는다

한 때
치안 인력을 보충하노라
후방의 여러 곳엔
전투 경찰대
기동대, 타격대는
어느 날 나라의 방침 따라
살아지고
그들의 그 빈자리는
대기나 했듯이
밀물이 밀려오듯
새로 생긴 과들로 채워진다

그곳에 한 자리엔

내가 남아있으니
그들의 숨소리가 들려온다

아침저녁에 점호 소리
출동의 점호 소리
진압 훈련의 소리

이젠
그들이 없는 자리엔
미세한 적막의 소리에
내 마음의 귀에 기울여서
그들이 보고 싶어진다

그들은
지금쯤
하던 공부를 마치고
좋은 곳에 취직하고
좋은 임과 결혼하여 살아가니
그동안 쌓은 생명의 탑은
분명
이 나라의 이 민족의
든든한 기둥들이 되리라

건망증

얼마 전부터
오른팔이 저림을 본
딸로부터
생일 선물로
게르마늄 팔찌를 받았다

쇠붙이라
겨울엔 차가움에
잘 안 찾았으나
평소엔
건강 삼아 자랑삼아
늘 차고 다녔다

그런데
언제인가부터
팔찌가 보이질 않는다

이곳저곳
책상 서랍이나

휴대용 가방과
신사복 잠바를 다 뒤져도
전혀 찾을 수가 없었다

그런데
최근 어느 날
차량 운전석 사이에
볼펜이 떨어져
의자를 앞뒤로 밀다 보니

볼펜이 나오고
동전이 나오더니
글쎄
가장 깊은 틈 사이에
은색빛이 비춰 무엇인가 하고
조심스럽게 꺼내 보니

글쎄
잊고 있던 팔찌가 보이는 게 아닌가
2년 만에 찾은 것이다

난
오랜만에 만난 친구처럼

얼싸안고
밀고 닦고 손질을 하고 나니
예전 모습을 되찾는다

난
나의 관리 소홀로
한 때
남까지 의심했던 나
나의 잘못을 넘어
건망증을 채찍하게 한다

신용과 약속

사람이
짐승과 다른 게 있다면
신용과 약속을 먹고 산다

여기 엔
좋은 약속도 있지만
사기의 약속으로
돈 잃고 사람도 잃어버린다

물건을 빌려 가고 가져오고
돈을 꿔주고 받기도 하지만
세상이 형편을 만드는지,
그 약속을 어김으로
평생의 한을 안고 살아가는
사람들이 있다

사람은
지성과 이성을 가진 동물로
약속과 도리를 잘 지켜 살면
서로가 행복해지고
신용도 신뢰도 오래갈 터인데
그렇지 못하면
차라리 만나지 말았어야 나을 것을

끌짜기마다

넓고 깊은 산골마다
수만 년의 세월에
비바람과 태풍을 이겨낸
흔적이 고스란히 남아있다

패이고 찢기는 고통 속에도
말 한마디 못하고
참아온 노인의 자국처럼 말해준다

젊을 때는 아픈 곳도 모르고
앞만 보고 달려온 그들은
오십 대는 오십견으로
육십 대는 허리 다리 통증으로
칠십 대가 되면 모두가
셀 수 없는 약봉지로
하루 이틀 연명하며 산다

산과 절벽 같으면
아름답게도 보이련만

사람은 사람이라
돌아올 수 없는
계곡의 주름살만 늘어나니
나의 이 몰골은
무엇에 쓰일까

연어의 일생

연어는
강가에서 태어나
머나먼 바다에서 살다가
목숨을 다해 고향에 찾아오면
자신은 간데 없고
귀한 자식을 낳더니
나의 사명은 다했노라고 생을 마친다

그 옛날
우리의 선조들은
넓은 들판에서 논과 밭을 일구고
한평생을 피땀 흘려
키운 자식들의 삶을 못다 본 채
이름 모를 사연을 안고
다시 올 수 없는 먼 나라로 떠나간다

지성을 가진 인생이
연어와 뭐가 다를까

한 번밖에 없는 인생
피땀 흘려 벌어서
먹을 거 다 먹고
배울 거 다 배우고
구경할 것 다하다
떠나가면 좋으련만

아직도
연어같이 황소같이
일만 하다 가면
너무 허무한 게 아니든가

전에 없던 줄

코로나 속에서도
소문난 집에는
줄을 서고
표를 받고 기다린다

그들 앞엔
아무런 장애가 있을지라도
사람은 죽는 그날까지
두려움을 이기고 먹는 줄을 선다

한 나라의 대표를 뽑는데
온 국민이 줄을 서는 것은
그만큼 바라고 원하는 게 많기 때문일 것이다

이번만큼은
정말 온 국민이 바라고 원하는
후대에 한 점 부끄럼이 없는
그런 위정자 되길 소망한다

안녕 질서

나라는
곧 치안이다

작은 거리마다
기초질서를 잘 지키고

큰 거리마다
교통질서를 잘 지키고

어두운 이면도로엔
누가 안 보겠지 하나
현대의 도로 마당엔
스물네 시간 CC-TV가
불침번을 서고 있다

사생활이 침범된다고 한들
온 국민이 안정 평안에 비할까

이렇게 잘 지켜서 살면
모두가 편히 사는 길이 아니던가

안 자리가 좋은가요

예부터
안 자리엔
웃어른을 배려해 왔다

그러나
세월 따라
안 자리도 이름 모른 사람들의 침범으로
허리 굽고 다리 아픈 어른들은
젊은 사람들의 눈치만 본다

자동차가 많아지면서
벌어지는 주차 전쟁엔
어디 안 자리만을 고수할 수 있을까
장애인 주차장까지
눈을 딱 감고 점령함으로
말하기조차 힘든 장애자들은
자신의 부자유함에 자책한다

주차장 마당엔
안 자리에 주차했다가는
이른 아침에나 위급시엔

꼼짝할 수 없으니
발을 동동 구른다

얼마 전까지만 해도
주차할 공간이 남아돌아
아무 데나 세워도
전혀 문제가 없었는데
요즘 가는 곳마다
차량이 갑절이 불어났으니
무슨 대책을 세울까

주차장 통로 앞마당엔
기본 예의 없는 사람들이
사이드 브레이크까지 채워 놓아
전화를 걸면 제때 못 내려오니
회사엔 지각하기가 일쑤이고
위급한 상황이 발생시엔
큰일이 나고 만다

세계화의 시대에
위대한 국민이라면
주차의 질서에도
세계화가 필요한 시대가 아닌가

멋진 시니어

지금의 시대는
글로벌 시대이며
시니어 시대라고 한다

진정한 시니어는
성숙한 곡식같이
연장자답게 살아야 한다

옛날처럼
삿갓 모자 쓰고 긴 담뱃대로
호령만 하면 노인 냄새가 난다고 한다

현대는
옛 지식도 현 지식도
다 알아야만
진정한 시니어가 아니던가

글로벌 시대에
젊은 사람들과 함께 어울리고

바다와 같은 SNS에도
앞서서 산다면
정말 멋지게 살 것이다

그분이 오라고 하는 그날까진
부단한 노력을 하며 산다면
결코 늙을 틈도 없이
보람차게 살 것이 아니던가

늙은 틈도 없네

남들은
일자리가 없어 헤매건마는
젊을 때 많은 것을 준비한 나에겐
이순이 지난 나이인데도
쉴 틈을 주지 않는다

오륙십, 칠십이 넘어도
나이가 들수록
무르익은 곡식은
갈 곳이 많듯
나에겐 쉬질 못하게 한다

설교
상담
체력 단련
각종 행사 기획 등
노구에도
나를 필요로 하다니
나에겐 늙을 틈도 없네

제2부

하늘의 소방관

누가 역사의 인물인가

예부터
동물은 가죽을 남기고
사람은 이름을 남긴다고 했든가

역사는
지나고 보면 알 수가 있다

이 나라
이 민족의 자손에게
누가 이름을 남기고
누가 역사를 쓸 것인가

한 사람은
잃어버린 조선을
민주 대한민국을 남기고
또 한 사람은
가난뱅이 나라에
경제 대국을 남겼다는데

이후로
과연 누가
이 나라에
무엇을 남길 것인가

99%의 세상

이곳저곳
이 동네 저 동네
지하철, 버스
모이는 어느 곳이나
99%가 아닌 게 없다

옛날엔
화롯불에서 교육하거나
서당이나 학교가 아니면
배울 수 없었다
지금은
손바닥 안에서 다 이뤄진다

내가
노력만 하면
성공할 수 있는데
모두가 힘들다고 한다

그러나

가는 곳마다
주변은 아랑곳없이
손바닥만 보고 있으니
인간미가 사라져 간다

이러한 사회의 미래는
어떻게 될 것인가

세상이 변하고
만물이 변해도
인간의 참모습은
변하지 않기를 바란다

깊은 밤에 빛나는 불

깊은 밤 속에
반딧불이던 가
초롱불이던 가
촛불이던 가
Led 조명이던 가

세상이 변할수록
불빛은 더 발한다

사람들은
드러나는 사람들을
성자라고 하지만

깊은 밤에 한 여성의 길은
가히 성자라 하지 않을 수 없다

아흔일곱 살이 되도록
오직 복음을 위해 홀몸으로
나의 가진 것 다 나누고 가신

바로 그분이
진정 이 시대의
성자라 하지 않을 수 없다

평소 베푼 감사에서
나의 받은 것
십만 원이던
백만 원이던
천만 원이던
내가 아는 가장 가까운
주변 어려운 이웃에게
한 푼도 남김없이 다 베풀고 살다가

거동이 한계를 느끼는 모습을 본
한 지인의 간절한 요청에 못 이겨
무거운 발걸음으로
요양원을 가던 날
난 아무것도 없이
빈 손으로 갔다

지금도
나의 뇌리에 깊이 박혀
지워지지 않는 이유가 무엇일까

오늘날
많은 성자가 있다고 하지만
이러한 성자가 어디 있든가

성탄을 전후한 어느 날 그가
나를 보고 싶다는 말을 들었다
조그만 선물을 들고
어렵게 찾아갔다
코로나 시대라고
만나지 못하여
간접 선물만 건네주고 왔다
돌아오는 발걸음이
얼마나 무거웠던지

하늘의 소방관

한두 사람 잘못으로
천 이백 년 된 산의 숲이
하루아침에 잿더미 되는 세상

자연도
사람도
동물도
자연이 없다면
어떻게 살 수 있을까

잊을 듯하면 터지는 산불
이럴 때마다
전국의 소방관들이 총출동하여
몸 바쳐 진화에 앞장선다

그러나
아무리 전문가들이
최선을 다한다고 하지만
하늘의 소방관이
하늘에서 내려주는 비는
인간의 한계를 초월케 한다

이게 사람인가

인류가 사라지는 그날까지
전쟁은 끝이 없을 것이다

인류 평화와 자유 행복은
그냥 있는 게 아니라
모두가
부단한 노력으로 이뤄진다

이기주의의 시대
전쟁이 나면
힘없고 나약한 자들이
하루아침에 더 많은 희생을 한다

하늘이 주신 이 땅
하늘이 내려준 귀한 생명
어찌
인간이 맘대로 도륙하는가

그대는 진정
하늘의 뜻을 거역할 것인가

해님

태양은 만물에게
없어선 안 될 생명이다

남향집은
여름엔 해를 가리니 시원하고
겨울엔 해가 들어 따뜻함을 준다

산에 들에 꽃나무들도
해가 비치는 곳에는
춤을 추며 무럭무럭 잘 자라
좋은 열매 맺으나
해가 없는 곳에는 생명력이 없다

인간과 동물에게도
해를 안고 사는 사람들은
해같이 빛나고
생기 있게 잘 살아간다

인간이 로켓을 쏘아
달나라를 간다고 한들
온 지구를 만든
전능하신 하나님과
어찌 비교할 수 있을까

송아지 동무

너는 그 옛날 초등학교 시절
전국 글짓기 대회서 우승했었지

그 후 어느 날
'마라도'라는 외딴 섬으로 떠나고
중학생이 된
난 널 보고파서
무작정 보따리를 쌌지

물어물어 차를 타고 배를 타고
달려가 보니
멀리 돈벌이 갔다는 말을 들었지

망망한 대해를 바라보며
그리움을 안고
이름도 모른 집에서
기나긴 하룻밤을 지새우고
돌아왔단다

통신이 발달한 현대지만
고희가 된 지금도
난 너를 찾았단다
넌 아직도 나를 잊었니

소싯적 시절
동네 아이들과 둘러앉아
꼬맹아 술래잡기 공기놀이하던
그 어렵던 시절을 생각하니
꿈에도 잊혀지지가 않는구나

우리 다시 만나
옛 이야기하며
옛날같이 즐겁게 살자꾸나

때

모든 자연도
일할 때가 있고 쉴 때가 있다

사람도
잠잘 때가 있고
먹을 때가 있고
공부할 때가 있는데
그때를 놓치면
많은 어려움을 겪는다

잠잘 때를 놓치면
모든 일상에 해를 준다

먹을 때를 놓치면
하루의 거동이 힘들다

공부할 때를 놓치면
평생 후회를 한다

동문도
식물도
자연도
다 때가 있다

모두가
하늘이 준
자연의 법칙을 어기지 말고
잘 순응하며 살면
성공적인 삶을 살 것이다

달란트

어느 날 우리 집에
전등 교체업자가 왔다
옛날 백혈구 같으면
손수 갈이 끼면 되는데 했더니
남의 달란트를 뺏지 말란다

많은 사람들이
영화배우의 달란트는 알면서
진정한 달란트를 모르고 산다

혹
달란트로 오해하기도 한다
이 달란트는
유태인의 화폐의 단위이지만

많은 사람들이 사용하는
진정한 달란트의 뜻은
타고난 재능과 장기를 말한 것이다

전문화 시대에
남의 달란트를 뺏으려다
더 손해 보기 마련이다

세상은
각기 다른 직업대로
서로 존경하고 의뢰하고
나누며 살아야 할 것이다

억지로라도

여러 고개마다
이름 없는 고개가 어디 있단 가
멀리서 보면
다 예뻐 보이고
다 멋져 보여도
그 속을 들여다보면
문제없는 곳 어디 있으랴

인생의 50대는 50견
인생의 60대는 60견
해가 갈수록
나름대로 말 못 할 견들이
얼마나 많든가

어떤 사람은
이견을 넘지 못하고
먼 나라로 가지만
인내로 이겨낸 사람들은
그 견을 잘 넘겨

더 멋있는 노후를 보낸다

세상만사
내 의지대로 되는 것도 있지만
어떤 이는 남의 도움을 받고
이겨내기도 한다

나이 들수록 심신은 여러 견으로
나의 의지가 상실하여 눕고자 할 때
한 가족은 억지로라도 웃으며
눕지 못하게 끌어당긴다
때론 힘들어도 마지못하여
함께 하다 보니

나도 모르게 많은 견이 사라지고
건강의 견으로 변하였으니
가족이란
갈수록 감사함으로 다져진다

찬양과 노래

찬양과 노래는
건강에 좋다고 하지만
찬양은
하나님께 영광 돌리는 동시에
사람의 영과 육을 튼튼하게 만든다

노래는 사람에게
즐거움과 기쁨을 주지만
순간적이라는 한계가 있다

찬양과 노래는
동물도 춤을 추고
식물도 춤을 추며
만물에게 유익하다

찬양은
존귀하신 하나님께 영광을 돌리고
사람들에게 무한 축복을 내린다

봄 친구

깊고 깊은
어두운 터널을 지나
따스해진 봄비에

산과 들
이곳저곳에서
너도나도 경쟁하듯
미소의 소리가 합창한다

봉숭아꽃 살구꽃
개나리 진달래꽃
이름 모를 들풀들도
나도 질세라
잠을 잘 잤다고
기지개를 편다

이 봄엔
모든 사람들도
코로나에서 벗어나
꽃이 피고 날개를 펴서
어깨동무하며 살자꾸나

애꾸눈도 감사

일상과 정상
우리의 삶에
정상적인 삶을 산다는 게
얼마나 행복한 일이던가

나에게
눈과 코입
손과 발 다리가 있다는 게
얼마나 감사한 일인가

어떤 사람은
태어날 때부터
한 가지가 없어 불만의 삶을 사는
사람이 있는가 하면
한 가지만 있어도 감사로 사는
사람이 있다

누구나
나이가 들어가면

고장이 나기 마련인 것

나에게도
담 넘어 들었던
백내장 수술로
한쪽 눈을 가리고 보니
장애인들은
평생을 어떻게 살까 하는
깊은 생각에 잠긴다

좋은 시대에 태어나
한 달 후면 정상으로 볼 수 있다니
보다 낳은 감사로 여겨진다

현대에 태어나
모든 것을 누리고 살지만
아직도 진정한 감사를 모르고 사는
우리들의 마음을 깨우쳐 주소서

훨훨

나도
그때에
훨훨 날 수 있을까

구십칠 세 고개마다
쌓이고
고인 것이 많건만
그는 그렇게
훨훨 날아가셨다

인간의 욕심
세상의 부귀영화
다 내려놓고
그렇게 날 수 있을까

그는 언젠가
하나님 때를 안듯
나 아무것도 없이 빈손으로 가더니
그는 그길로 다시 못 오고
영원한 곳으로 가셨다

무릉도원

남 남쪽 섬의 나라
그 옛날
진시왕이 평생 살고파
불로초를 캐어갔던 곳

양지바른 언덕 위에 올라보면
저 멀리 가파도와 마라도를 건너
남태평양 이어도가 보이는 곳
이곳은 한때
무릉도원이 아니었던가

이곳에도
세계화의 물결과
초가집이 변하여 슬레이트집으로
슬레이트가 변하여 기와집으로
기와집이 변하여 시멘트 집으로
이제는 서울의 사람들이
멋진 별장이 들어서는 곳

연어가 고향을 찾듯
나도 이곳에서 그들과 함께
멋진 무릉도원에서
미래를 함께하고 싶어라

접지 못한 푸른 꿈

나의 한때 푸른 꿈은
삼다(三多)의 한라산에
초가삼간 집을 짓고
사랑하는 우리 임과
산을 호령하며
한 백 년 살고팠다

티 없이 맑고 푸른 초원
티 없이 맑고 푸른 바다에
티 없이 맑은 사람들과
산야를 호령하는
카우보이 목장장이었다

목구멍이 포도청이라 했던가
당장에 먹고살기 힘들다고
어려운 공직의 사명으로
나라의 안녕과 평안을 위해
대정 몽생이가 변하여
사람은 서울을 찾아
보람되게 보냈건만
어찌 난 지금도
저 푸른 꿈을 접지 못하는 것일까

삽과 괭이

봄이 되니
논두렁 밭두렁
산과 들에
농부들의 손길이 바쁘다

겨우내 움츠렸던 땅에
새싹이 파릇파릇 돋아난다

도시에 가정주부들은
밥을 짓고 반찬을 만들고
빨래하고 청소를 한다

현대화 속에 잘 사는 길은
사또(使道)의 정신을 내려놓고
청소하고 정리 정돈하고
서로 함께 동역하는 것이 아닌가

맥이 없다

세상을 오래 살수록
많은 지혜와 총명이 밝아진다

그래서 예부터
어른의 말은 지혜의 근본이라 했다

아무리 과학이 시대라 하지만
어른의 말은 무시할 수가 없다

그런데 최근
코로나로 팬데믹으로
많은 사람들이
용기를 잃고
비틀거리고 있다

거리마다
사람마다
걷는 모습을 보면
힘과 용기를 잃고 있다

아무리 세상이 변해도
내 의지와 용기를 잃지 않으면
머지않은 날 반드시
해가 나고 빛이 나고
봄꽃 향기 속에
좋은 열매를 거둘 것이다
최후의 승리자는
끝까지 용기를 잃지 않은 자의 것이다

자연 효소

도시화 물결 속에
산과 도시가 몸살을 앓고 있다

집을 나가면
사통팔달의 도로와 아파트
지어도 지어도 끝이 없는 건물

이러다간
사람이 숨 쉴 공간도 없어질까
근심하게 한다

예부터
사람은 자연을 보호하고
자연은 사람을 보호한다고 하지만
그 거리는 갈수록 멀어지고 있으니
한탄하지 않을 수가 없다

자연은
오늘도 말없이
넓은 마음으로 우리를 품고
건강의 효소를 주건만
우리는
늘 배반하며 살지 않은 지

결재

공직과 회사에는
중요한 일일수록
절차에 의한 결재를 받는다

사회 모든 단체에도
가벼운 일은 구두보고로 하지만
이곳 역시 중요하다면
결재의 절차를 받는다

그런데 오늘날
가정에서도 결재 제도가 생겼다

얼마 전까지만 해도
가장인 남자가 결재권자인데
세상이 변하여
남편에 용돈까지
결재 아닌
허락을 받아야 평화를 이룬다

세상의 변화와 이치를
빨리 깨닫는 가정일수록
노후가 편한 시대가 아닌지

제3부

가시덤불 속에 핀 백합

단축

현대는
고속화 시대라
하루 한 달 가던 길을
한 시간 하루로 통하는
사통팔달 시대에 살고 있다

우리나라처럼
하루 자고 나면
지도가 바뀌는 나라도 없다

맛있는 것 먹으러
거리를 다니며 따지지 않고
입는 것 가격 따지지 않는다
노는 거 원근 거리 따지지 않고 차가 있으니
마음만 먹으면
못 가는 곳도 없다

그러나
우리가 알아야 할 것은 지나친 과속은
생명을 단축시킨다는 것이다

장수

많은 사람들은
진시왕 때 보다
더 오래 살려고
가진 수단 방법을 동원한다

그러나
매우 기본적인 것을 모르고
나의 몸을 너무 혹사로 인하여
단명하고 있다

여기엔
자연도
사람도
동물도
몸살에 전이되고 있다

아무리 좋은 기계도
잘못 사용하면
마모되어 망가지고 만다

나에게
장수를 원하다면
자연에 순응하며
자연의 법칙대로 살 때
그 뜻이 이뤄질 것이다

존재

나도 한때
당신들과 같이
높고 푸른 꿈이 있었네

굽이굽이 마다
험난한 세월을
열심히 살다 보니
이제 노인이 되고 말았군요

노인이라 무시하지 말게
나에게도
자존심이 남아있다네

백세를 향한다

그 옛날엔
인생 잘 살아야 육칠십이라 하여
회갑 잔치를 했는데
현대는
칠팔십을 넘어 백세를 경주한다

모두가 그런 게 아니고
자기가 자기를 잘 관리하느냐
못 하느냐에 달려있다고 한다

사람마다
가족력이나
체질 따라 다르겠지만
자기가 자기를 미리 알고
대처로 가서 살면
팔구십을 넘어
백이십 세인들 못다 살까

가시덤불 속에 핀 백합

세파에 어두워진 세상
쓰레기통에 백합화가 피듯
그는
그렇게 살다 멀리 갔다

그가 예수인가
그가 바울인가
내가 가진 모든 것을
다 베풀더니
집에서 견디다 못한 그는
어느 날 집세까지 다 빼주고는
난 아무것 없이 빈손을 간다고 하신다
그 후 1년도 못 되어
영원한 나라로 떠나가셨다

그는 혼자였지만
그가 떠난 자리엔

오늘도

백합화가 피고
장미가 피고
꽃향기의 열매를 맺고 있다

이분이 오늘날
진정한 성자가 아니든가

초승달

그 옛날
시골에서 만나 봤던 초승달은
오늘도 일산 위에도 떴네

그 옛날
새벽 별의 닭 울음소리를 듣고
논과 밭을 갈고
산 중턱에서 소먹이를 배웠지요

오늘따라
티 없이 밝은 초승달은
나에게 이름을 밝혀준다

기도하고 성경 보고
찬양하며 복음 전하며
하루의 삶을 영글게 한다

한 길의 승리

승리하려면
한 길을 걸어라
이곳저곳 휘젔다간
세월만 지나가고 말 것이다

직업도 직장도
공부도 기술도
꾸준히 한길을 걷는다면
그대는 장인이 되고
영광의 금메달을 딸 것이다

새벽의 맛나

하루 이틀
일 년 삼백육십오일
십년 삼천육백오십일을 더 한다면
그 사람은 분명 경지에 이를 것이다

그런데 사람들은
이 길을 걷지 못하고
뭍에서 세월을 보내다가
세월이 야속함을 원망한다

시간을 잡아라
세월을 잡아라
세월을 낚아라
그때 나는
에베르스트를 정복할 것이다

취직자리

옛날엔
대학을 나오면
백 프로 취직을 하였는데
요즘엔
그 반대의 현상이 일고 있다

IMF를 지나더니
자동화 제도로
은행도 마트도 회사도
절반으로 줄어간다

그러나
현장을 뛰어야 하는
경찰과 소방관은
인구가 늘수록
그 인력이 더 필요한 시대다

한라봉

매년
이맘때만 되면
고향에서 한라봉이 올라온다

예전엔
그냥 고마움에 먹었는데
이게 이렇게 좋을 줄이야

방구석 구석마다
꽃과 같이 전시해 놓으니
좋은 습도에
신토불이의 향기가 나온다

일 이주가 지나고 나면
새콤달콤하게 숙성한 맛은
진한 고향의 단맛을
잊지 못하게 한다

인생

인간의 역사는
누가 다 알까
수많은 역사의 수레바퀴를

인간은
수천 년 수만 년 전부터라 하지만
누가 그 수를 다 셀 수 있을까

오직 그분만이
영원 전부터
영원까지 알고 계실 것이다

쉴 때 쉬어라

우리의 자연은
봄에 싹이 나고 꽃이 피면
여름에 무성하게 잘아서
가을이면 결실을 맺고
겨울엔 의좋게 모두 잠을 잔다

사람에게도
먹고 자고 일하고 나면
밤에는 쉬어야 한다

어떤 사람은
속히 돈을 벌고 잘 산다고 하다가
에너지가 이미 소진되었다고
한 많은 이 세상을 떠나고 만다

모든 사물은
일할 때 일하고
쉴 때 쉬어야
아름다운 인생을 살 것이다

하늘을 가린다

아름다운 삼천리강산
세월 따라
초가집이 변하여 슬레이트로
슬레이트가 시멘트 집으로 덮더니
이젠
태양을 더한다고 하늘을 가린다

전능자 하나님은
비와 구름 바람
입을 거 먹을 거를 주건만
사람들은
늘 부족하다고
졸라대고 애걸복걸하다가
하나님의 음성을 가린다

사람이 달나라를 가고
별나라를 간다고 한들
그분에 대한 도전으로
바벨탑의 주는
교훈을 잊지 말아야 하겠다

보내진 청바지

얼마 전
한 지인으로부터 헌 청바지를
다섯 벌을 받았다.
그는 내가 평소
불우이웃을 돕는다는 소문을 듣고 준 것이다

그런데 1년이 넘도록
마땅히 줄 사람이 없어
고심 끝에 버려진 것이다.

요즘은 곧 죽어도
메이커 아니면 안 사는 국민 의식에
미래를 걱정하지 않을 수 없게 한다.

그 옛날
우리나라가 6.25 전쟁 이후
얼마나 어려웠든가
그것도
세계 1위 가난뱅이 나라엔

신발 옷이 없어 얻어 신었고
쌀이 없어 밀가루 강냉이죽도
못 먹어
풀뿌리를 캐어 먹다가
독이 든 줄 모르고 먹고 죽어갔다.

그런데 요즘
중고 옷 줄 사람이 없으니

코로나 지속으로
본의 아니게 생긴 것도 있을 텐데
함부로 주기도 어렵다
나는 차일피일 미루다
내방 구석에서 꺼내 들고
작별 인사를 나누게 한다

우리 동네 아파트 한곳에
헌옷 수거함이 있어서
곱게 싸서 보낸다

부디 헌 청바지이지만
꼭 필요한 사람이 입어서
감사했으면 한다

보훈병원 길

일 년 전이던가
십 년 전이던가
해가 가고 달이 갈수록

한때 나라를 위해
그렇게 용맹스럽게 총칼을 들었던 용사들이
약한 지팡이가 가득하더니
어디로 갔는지
세월이 갈수록
하나둘 보이지가 않는다

국가 유공자이지만
힘든 삶에 힘들어
조금이나 연명하려고
머나먼
보훈병원을 찾는다

한 때
오직 나라를 위해

모든 것을 바쳐 세운 나라
어찌 우리가 그들은 잊을까

우리가
그들을 안아주지 않으면
그 누가 안아줄 것인가

살아있는 사람이라도
보다 좋은 차원에 치료를 받고
보다 좋은 보상을 받고
하루라도 보람되어 사시길

천지 창조주께 감사

사람과
짐승과
식물이 뭐가 다를까

사람은
이성과 감정만 다르지
사는 건 거의 같다고 여긴다

이 세 가지의
빛과 바람 공기
비가 아니면
어떻게 살까

전능하신
하나님이 주신
빛과 바람 공기를 맞고
물을 잘 마실 때
건강한 재목이 될 것이다

일상의 감사

우리는
일상의 감사를 모르고
살아왔다

잠자고
깨어 일어나고
밥 먹고
일하고
여행가고
이런 일상이
하루아침에
아주 미세한
코로나로 깨어지고
온 세계 모두가 입까지
막고서야
일상의 감사를 안다

마스크

얼마나 인간이 죄를 범했으면
온 세계인의 입을 막아버릴까

옛날부터
사랑하는 자에게
사랑의 매가 있듯
하나님께서 더 이상 범죄치 말고
내게 돌아오면 축복을 주신다는
신호를 잘 받고 살아야 할 것이다

이제
하나님과의 차단의 마스크를
속히 벗겨주시옵소서
모두
하나님과 함께 늘 소통하며
동행하길 원합니다

봄이여! 어서와 다오

삼천리 반도 곳곳에
꽃이 피고 새가 우는데

우리네 세상 삶엔
아직도 추운 겨울이 떠나질 않는 가

코로나19가
얼마나 춥고 무섭기에
방콕에서 벗어나지 못한단 말인가

코로나의 추운 겨울이
속히 물러가고
온 백성이 반기는
따뜻한 봄이여
어서 속히 우리 곁에 와다오

미리 정비 점검

비바람 속에 험난한 세월
이순의 고개를 넘고 나니
이곳저곳에서
상처의 소리가 들려 온다

현대는
육십부터 청춘이라 하지만
누군인들 이상 기미가 없을까

미리미리 점검을 잘 받고
잘 대처하며 사노라면
상수의 고개인들 못 넘기랴

무심하게
허송세월 보낸 이는
제 명을 못다 채우고
험난하고 먼 나라로 가지 않는가

제4부

본향으로

본향으로

번성하라 창대하라
권능자의 말씀 따라
열심히 살다 보니

잠시 잠깐
해 위의 영광을 위하여
보람의 순례자 되게 하셨네

주님 걸으신 험난한 그 길
한 걸음 한 걸음 뗄 때마다
함께 하는 영광의 핏방울

생명수 그치지 않는
본향으로 가는 길
천국으로 인도해주시는
귀한 걸음걸음

무한 감사 기도와 찬양
소리 높여 부르리라
본향에 이르는 날까지

현대판 성자

가시덤불 속에 한 송이 백합화
나의 모든 것 다 나눠주고
이젠 홀가분한 몸으로
아주 영원한 나라로 떠나려 한다

전능하신 하나님이여
오늘인가 내일인가
주님 뵙기 원하오니
이 좋은 봄날에
날 속히 데려가 주소서 애원을 한다

망백의 한평생을 다 베풀고 살았으니
아무에게도 한 점 부담 없이
빈손으로 왔었기에
빈손으로 훌훌 털고 가시련다

한때
그렇게 소통하던 사람들은

이제는 무거운 짐 질까
하나둘 모두 떠나가는 세상

그러나 산수의 한 노구는
젊을 때 복음 구원 감사를 못 잊어
한주 먼 길 멀다 하지 않고
한나절을 바쳐 찾아 위로를 한다

이에 질세라
감동받은 나에게도
뒤따라가 위로하고 기도하며
저들의 못다 한 요양을 돕는다

어름 같은 오늘날
온 세상에 퍼지는
꽃향기 같은 분이 있었기에
그 믿음 생명의 면류관 받으리

고향

사람마다
태어난 고향이 있고
머무는 고향에 있고
영원한 고향에 산다

세월 따라
산을 건너고 물을 건너
천리 길 만리 길을 가도
지울 수 없는 나의 고향

타국에 가면
너와 나 모두가
애국자가 되고
내 조국을 사랑한다

연어는 고향 찾아
머나먼 길 멀다 하지 않고
본 향을 찾아
마지막을 멋있게 마무리하는데

나는 분명
영의 사람인데
전능하신 하나님께
무엇으로 보답하며 살까

노치원

푸른 꿈
어린이 보호를 위한
보호구역을 정하여
보호하고 관리한다

오직
자식 하나 잘되라고
이름도 빛도 없이
살아온 그대

이름 없는
노치원엔
이곳저곳 빈틈을 찾아
하나둘 모여 든다

노인이 늘어나고
노파가 많아지는 세상에
이곳저곳에 방황하는 어르신

노치원을 확장하고
보호하고 보살피는
구역이 확대 발전되어

따뜻한
노후의 보금자리가
요망되는 세상

온 천지에 봄 소리

추운 겨우내 잠들었던 땅에
새 생명의 봄이 오는 소리가
남 남쪽 삼다도에서 불어오는 봄바람은
꽃향기 소리 싣고 남해를 거쳐 서울로 들려온다

회갑의 소식일까
육십 년 만에 산더미같이 쌓인
영호남 지역에도
동면에서 깨어나듯
방에서 기지개 켜며
언 땅에서도 솟아오른다.

외양간에 갇혀 있던
송아지 망아지들도
봄 소리에 놀라
산과 들로 요리조리
귀엽게도 뛰어논다

봄 소리는

서울 도시에도
시골 산야에서도
뉘에게 뒤질세라 합창을 하듯
야호를 외친다

아름다운 봄 소리는
이념에 얼어붙은
저 북한의 하늘 아래에도
한민족의 기쁨과 소망과
사랑과 평화의 소리로 울려 퍼져라

소명 받은 사람

전능자 하나님은 각자에게
각기 다른 탤런트를 선물로 주셨다.
그와 같이 선물로 받은 재능을
우리는 '소명'이라 부른다.

받은 재능과 탤런트를 이용해
전능자의 뜻이 이루시기를 원하는
참다운 삶의 목적을
이뤄가야 할 의무가 있다.

행복한 삶을 살기 위하여
해야 할 가장 중요한 일 중에는
자신의 재능과 소명을 발견하여
그것을 발전시키며 살아가는 것이다.

내가 받은 탤런트를 찾는 것은
그리 어렵지 않은 것이다.
자기가 좋아하고
잘하는 것이 무엇인가를 찾아보면

쉽게 알 수 있다.

문제는
자기의 탤런트를 다른 사람의 것과
비교할 때 생기는 것이다.
그와 같은 비교를 하게 될 때
사람은 소명대로 사는 삶을 버리고
욕심대로 사는 삶을 선택하게 된다.

짧은 한평생을 사는 동안
나름대로 직업과
전공을 잘 선택한다는 것이
얼마나 중요한 일인지는
아무리 강조해도
조금도 지나치지 않을 것이다.

자기 자신의 직업과 전공
탤런트와 소명대로 택하는 것도 중요하지만,
보다 중요한 것은
자녀의 직업과 전공을
자신의 소명대로 선택할 수 있도록
도와주는 것이다.

자식을 사랑하는 마음이 지나쳐
자식이 소명대로 살게 하지 못하고,
오히려 자식에게 고통과 부담을 주는
부모가 세상에 얼마나 많은지 모른다.

세상적인 가치관을 따라
직업과 전공을 비교하지 말고
그냥 자녀들 자신의 소질과 소명을 따라
직업과 소명을 선택할 수 있도록
도와주는 현명한 부모가 되어야 하지 않을까

줄

따스한 어머님 품에서
열 달의
생명줄로 먹고 자란 생명

줄지어
험난한 세상을 이겨내며
가족을 먹여 살리는 그 생명줄

한 생명은
인맥과 산맥의 줄을 따라
높은 산도 오르고
넓은 바다도 이루네

명절이 그립다

그 옛날
우리 집 고향에 명절은
하루 종일 보냈다

집성촌의 당일 날은
장손 집 위주로
제사를 드린다

이때만 되면
새 옷을 얻어 입고
굶주린 배엔
고기에 쌀밥이
한없이 들어갔고
놀란 위장은 탈이 나고 만다

다음 날부터는
사돈에 팔촌까지
두루 찾아 세배를 드리면
깊이 담가 놓은

안방 주에 여유 있는 어르신은
세뱃돈도 아끼지 않았다

동네 아이들의
날이 새도록
술래잡기 고맹아 하면서
날 새는 줄 몰랐다

난 지금도
명절 때만 되면
그때가 그리워진다

남편이라던 딸

사람들은
자기 가족이 어려움 당했을 때
무조건 가족 편인데 반해
나의 가족은 맨날
네가 참아야 한다고 한다

그런데 어느 날
유치원에서 손주가 어려운 일 당했을 땐
바른말 할 땐 할 줄 알아야 한다고 했더니
아빠는 참으로
내 편을 든다고 한다

선풍기 1

지구가 뜨거운 것인가
때 이른 초여름
지난 가을
선풍기를 닦지 않았더니
몇 배가 힘이 든다

다시 분해하고
조립하다 보니
어느 게 앞뒤인지
풀고 조이고
앞뒤가 맞지 않으니
몇 번을 풀고 조였는지

비 메이커는
한번 고장 나면
새것도 버리는 세상

금년 여름은 어떻게 보낼까

제주는 렌터카 세상

어느 날
고향을 찾아
비행기에서 내려보니
마치 나를 맞이하듯
이름 모를 차량이 가득 차 있었다

알고 보니
이들의 차량은
예약 없이도 사용 가능한
렌터카들이었다

국제관광지에 걸맞게
천혜의 아름다운 제주도

언제 보아도
자랑거리가 넘치는 제주도

언제 어디서
누구에게나 차별 없이

관광하기 좋은 제주도

난
언제 어디서
누구에게나
자랑한다

링링 태풍

어여쁜 소가 화가 나면 무섭듯
링링 소녀는
고요한 삼천리 반도를
휘젓고 갔네

남쪽에서부터 몰아친
비바람은
결실을 앞둔 농부들의
마음을 외면한 듯

우리들의 일용할 양식과도 같은
벼와 과일 가림 없이 쓸어갔으니
다른 사람들도 다 아파하네

도시 근린공원에 나무 잎사귀는
고운 단풍을 피지 못하고
파란 낙엽이 넘쳐 거리마다 날린다

아파트 경비원이 빗자루를 들고

시청 청소차가 쉴새 없이
쓸고 또 쓴다

늦은 봄엔
봄 태풍이 불고
이른 가을엔
가을 태풍이 찾는 나라

이제 태풍도
세월 따라 멀리멀리 가시기를
기원하게 한다

쓰레기

우리 동네 쓰레기
일주일에 한 번씩 모아
어디론가 떠나보낸다

우리 마음의 쓰레기는 어떤가
일주일에 한 번만이라도
우리 마음에 쓰레기도
깨끗이 내다 버린다면

내 가정
내 나라도
보다 깨끗하고
보다 아름다운 세상이
되지 않을까

111년 만에 무더위

금년엔 그 어느 해보다
세상도 뜨겁고 날씨도 뜨겁다
매스컴을 보니 111년 전
강원도 홍천엔 41도라고 한다

요즘처럼
세상이 뜨거운 건지
날씨가 뜨거운 건지
세계도 뜨겁다고 한다
이러다간 지구가 폭발하는 게 아닌가 싶다

옛날 농촌에 논밭 갈이를 할 때도
옛날 단칸방에서는 선풍기 없이도 살았는데
지금은
선풍기, 에어컨이 있어도
너무너무 더워 잠을 설친다

가족은 선풍 에어컨 친구삼지만
나는 무슨 이유인지

선풍기 외 에어컨을 오래 틀면
어지럽고 머리가 아프다

싸게 쓴다고 구입한 선풍기는
몇 년 못 가서 고장 났는데
옛날처럼 고치는 곳이 없으니 죄다 버린다

할 수 없이 비싼 돈 주고
메이커를 구입 하니 싱싱 바람이 더운 땀을 씻어준다
한쪽 마음엔 싼 거로 두 개를
더 사 쓰는 게 낳은 것이 아닌지

그 옛날 어린애를 키운다고
메이커 ○○제품은
딸이 시집갈 때까지 썼으니
얼마나 잘 만들었으면 그랬을까

지금도
노동 현장에 노동자들과
갈 곳 없는 노숙자들
한해 농사로 사는 논밭에 농부들은
뙤약볕에서 잘 자라는 오곡백과를 위해
열심히 피와 땀을 흘리는데

우린
감사를 모르고 사는 게 아닌지
난 요즘 더위에 멀리 가지 않고 가까운 수영장이 좋다
뜨거운 몸을 시원한 수영장 물에 들어가면
마치 뜨거운 쇳덩이가
차가운 물에 잠수하는 기분이라 할까
더위가 싹 물러간다
그리고 자유형 평형 등으로
수영하고 나면 새 정신이 나고
입맛이 나 사는 맛이 난다

이렇게만
관리하고 유지하고 산다면
그야말로 요즘 세상 말대로
건강한 100세의 인생을 살 것 같다

만원 주차장

오래전
복잡한 도시를 떠나
산 좋고 물 좋은
변두리 아파트로 왔건만
10년이면 강산도 변한다는 말은 옛말이네

20년을 넘고 보니
그렇게 넓던 주차장이
만원으로 등 돌릴 수가 없으니
급하게 나갈 수가 없게 되었네

예의고 뭐고 없는 시대
퇴근하여 사이드까지 채워 놓고 가면
밤이 지나고 낮이 되어도
그대로인 차가 있다
가끔 어쩔 수 없어 연락받고 내려온 젊은 친구는
잠자는 사자를 깨웠다고
무서운 인상이다

어떤 때는
그래도 안 나와서
혼자의 힘으로
차를 밀고 빼고 나면
나이든 사람은
며칠 몸살로 병원비가 나간다

누군가 그랬다
사람은 못 바꾸지만
집이든 차든
10년에 한 번씩은
바꿔 타야 산다고

그렇지 않으면
차도 집도
수리비나 안전에도
문제가 아닐 수 없다

초여름 아버지

그 어렵던 시절
시골에서 만주로
만주에서 일본으로
일본이 원자폭탄에 놀라
풀뿌리 먹더라도
내 고향이 좋다고 찾아와
보금자리를 틀더니
칠 남매를 건사하시고
이제 내가 할 일을 다 끝났다고
머나먼 나라로 훌쩍 떠나신
우리 아버지

모두가
먹고살기 위해 객지로 가면
언제 다시 만날 수 있으려나
다 커서 군 입대 가면
다시 만날 수 있으려나
장가를 가면
내가 줄 것은 믿음밖에 없노라고 하시던

우리 아버지

모두들 살기 위해
정든 고향을 떠나건만
핸드폰 전화가 없던 시절
난 수없이 쓴 편지로
안부의 산을 쌓았다

초여름 어느 날
주무시던 아버님은
더위가 오기 전
하직 인사 한번 받지 못하고
영원 나라로 가셨나이까

그리운 아버님
천국에 잘 계시지요

내 놈이 최고야

내 놈 저놈
이놈 저놈 하여도

내 놈만 한 사람
어디 있든가

거친 세상 풍파에도
손에 손잡고
한평생을 살았으니

미운 산 고운 정
누가 허물랴

개미 떼 인생

바람 같은 인생을 지날 때
넓고 넓은 광야 길을 걷는다

때는 산과 들을 지나고
복잡한 시내를 지날 때도 있다

남녀노소 가림 없이
줄을 설 때는 한없이 서고

저마다 저 갈 길에
오늘은 이곳
내일은 저곳

어디로 가는 것일까

망을 벗기게 하소서

인간 간의 죄가
얼마나 많았으면
온 세상이 입을 막을까

이곳저곳
사람들마다
입에 망에 망을 씌웠네

너나 나나
기나긴 이 망을 거두려면
모두 죄를 회개해야 할 것이다

그때
전능자의 손길이
이 무거운 망을 거둬낼 줄 믿습니다

백신주사

듣도 보도 못한
백신
언제까지 맞을까

독감 예방 주사는
일 년에 한두 번 맞으면
지나갔지만

금번 코로나 백신은
맞아도 맞아도
끝이 보이질 않는다

이게 다
인간이 만든 거라
인간의 손에 달려 있지 않는가

제5부

나도 아파요

한 성자의 길

죄악으로 가득한
세상에
한 천사를 보았다

노후의 그는
말 그대로
빈 손으로 왔다
빈 손으로 떠나갔다

슬하에
아들딸 하나 없이
오직 믿음으로 살다 간 것이다

그는 평소
좋은 일에 도움을 받으면
그때마다 다 갖고 있지를 못했다

요양원으로 가던 그날
나 빈손으로 가 하시더니
머지않아 하늘의 부름을 받았다

대기만성

코로나로
사방이 봉쇄라
어쩔 수 없어
방콕에서 보낸다

세월과 함께
조금씩 문이 열리자
복지관이나
유명 교수님을 찾아
반드시 시인이 되고 싶어
많은 강의를 듣고 듣는다

암흑과도 같던 730일
한 밴드에
늘 헌신적이고
파노라마 같이 이어지는 강의에
창고와도 같은 밴드에
티끌같이 매일 저장을 한다

어디서
이런 무료 강의를 들을까
이번엔
1. 2권을 모두 묶어주니
좌우로 흔들지 않고
연속 마스터 5회 째는
힘과 용기가 솟는다

2022년도에
12회 마스터 했는데
2023년도에는
13회가 넘는데
이때가 되면
나도 시인의 한 사람 되려나

힘들어진 사회

IMF 때도 없었던 생활
이곳저곳 사방에서
문 닫는 소리가 들려온다

대 기업
중소기업
동네 점방까지도
하나둘 삐걱거린다
문을 닫아 버린다

전에 없이 똑똑한
젊은 청년들이
갈 곳이 없어
이곳 저곳에 해맨다

전무후무한 이 사태
누가 누구를 탓할까

우리 모두가
내 이웃 형제로 여겨
서로 위로하고
서로 격려하며 살지 않으면
안될 때가 아니던가

선풍기 2

늦둥이 딸을 낳고
비싼 금성 선풍기는
아기를 시집보낼 때까지
특별한 고장 없이
얼마나 수고를 했더냐

귀한 딸을 시집보내고
썰렁한 방을 정리하다 보니
고장 난 선풍기는
고칠 수도 없으니
자연 버리게 된다

옛날 같으면
조이고 닦고 기름칠해도 안 되면
가까운 전파사에서 다 고쳤는데
요즘은 그런 데도 없으니

요즘 우리네 선풍기는
얼마 못 쓰고 고장 났다면
버려지는 가전제품들이
너무나 쓸쓸하고 불쌍하게 여겨진다

가고 오고

내가 이 동네 온 지 이십 년
어떤 사람은
나이 들어 먼저 가고
전세라 가고 오고 하더니

우리 동에 원주민은
서너 가구 중에 한 사람이 된다

한 많은 인생사로
연로하여
아파트를 오고 가며
병이 들어 힘들어하더니
어느새 안 보인다

멋있는 젊은이는
살 만 하는 것 같더니
어느 날부터
간데 온데 없이 사라진다

시골 갔더라면
병들어 돌아가시고
이사 가고 오면
떠들썩한데

도시에 아파트는
이웃도 사촌도 없이
하나둘 새사람으로
채워진다

등산화

한참 때는
일주일이 멀다고
북한산을 올랐는데

언제부터인가
1.2년을 미루더니
코로나로 2년을
방콕에서 보낸다

추워진 날
근린공원에 방한화로나
신을까 하여 꺼내고 보니
아 글쎄

사방에서 조각이 되어 떨어지고
찬 바람 소리가 들려온다
이러다 동네서
이 한겨울은 어찌 보낼까

무엇이든
계속 쓰지 않으면
녹슬고
노화현상이 된다는 것을

보이지 않은 울타리

피는 물보다 진하다 하지만
요즘 세상도 그러던가요

이웃사촌이 좋다는 말은
어디서 나왔을까

바쁜 세상을 사노라면
이 모든 걸 초월 하며 살지요

보이지 않은 울타리가
나에겐
현대의 성벽이 아니든가

나도 아파요

아무리 먹고살기 힘들다 해도
범죄 치는 말아야지요

세상은 갈수록
살기가 어렵다고
이기주의로 살다 보니
결국 그 피해는 나에게로 돌아온다

청정지역의 자연들도
질서 없는 사람들의 쓰레기 공해로
나도 아프다고 소리를 지른다

동물도 식물도
사람들이 뿌린 공해 코로나로
힘들어 몸살을 한다

이 모든 일은
나의 잘못으로
나에게 징벌이 돌아온다

전능하신 하나님!
저들의 잘못을 회개하오니
용서하옵시고
코로나로부터
완전한 자유 해방시켜 주옵소서

이리저리 요리조리

자고 일어나면
바뀌는 지도위에
마음만 먹으면 못 가는 곳도 없다
동으로 서로 남으로 북으로

꿈만 같던
세계화 시대에
동양으로 서양으로
유럽에서 아프리카로

맛 따라
음식 따라
마음만 먹으면
어디든 갈 수 있는 세상

우주에서 사는 날도
얼마 남지 않았다

그러나
영원한 나라는
오직
믿음으로 갈 수 있단다

풀벌레의 노래

자연의 섭리
철 따라 옷을 갈아입는 세상

긴 겨울밤을 자던 풀벌레도
봄이 왔다고
약속이나 한 듯 합창을 한다

코로나로 찌든 영혼들이
자유에서 해방된 듯
이곳저곳에서 '야호'를 외친다

어서 속히
우리 모두에게
완전한 자유
해방의 노래를 부르게 하소서

향내

맛 따라
음식 따라
맛만 있으면
그 향내를 맡고
벌 나비같이
어디든 찾아가는 세상

그러나
음식 맛만 갖고는 안 된다
친절하고 상냥하면
그 맛은 천혜의 맛을 더한다

거기에다
주차장이 좋고
주변 환경이 좋으면
무슨 말을 더하랴

마스크 반란

평소엔 그저
추울 때나
감기 걸렸을 때
검, 백색으로 가렸던
그 옛날을 보내고

코로나란 세풍에
일곱 색깔을 넘어
모양도 패션 시대로 변했다

따뜻한 봄과 함께
실외는 해제가 되어도
아직도 이곳저곳엔
습관이 되어버린 마스크 차림은
너나 할 것 없이
질서가 정연하다

어서어서
우리의 삶에도
꽈악 닫혀진 입가의 대문이
따뜻한 봄과 함께 활짝 열어다오

사라진 망조

TV가 없고
핸드폰이 없던 그 옛날

캄캄한 시골에 겨울은
모였다 하면
화투 놀이로 변하여
실권을 가진 어른들은
한밤중에
온 재산을 다 날리고
그의 가족들은
하루아침에
가난뱅이로 변해 갔다

매스컴 시대의 현대는
손바닥 안에
그 자그마한 쇳조각으로
이웃 친척 부모 형제의 대화도
다 막아버린다

아무리 물질문명이 발달해도
그 옛날 화롯불의 사람처럼
지성의 사람은
좋은 문화 속에
슬픔 괴로움 다 잊고
손바닥 하나로
풍류를 노래하며 살아간다

누가 돌보지 않아도

산과 들에 식물들은
누가 돌보지 않아도
잘도 잘도 자란다

논밭에 곡식들은
사람이 물주고
약 주며 키워도
폭풍우와 가뭄엔
힘들어 죽어간다

세상을 지배하는
사람들은
좋은 것을 먹고 입고
평생 살 것 같지만
나이가 들면
누구 하나 예외 없이
병마를 이기지 못하고
약속이나 한 듯
어디론가 떠나간다

자연의 섭리를
누가 막을 쏜가

너무 욕심내지 말고
자연의 섭리를 따르며
순리대로 산다면
저 야산에 들풀처럼
그렇게
힘들게 살지는 않았을 것을

대물림

우리나라 청자는
세계적인 작품이다

그런데
한국에도 없는 작품이
언젠가는 미국에서
언젠가는 중국에서
언젠가는 일본에서 발견 된다

물론
외세의 침공으로
잃은 것도 있지만
우리는
대대에 길이 물려주지 못하고
역수입도 한다니 한스럽게 한다

외국 사람들은
물건 하나도 오래된 것일수록
자랑삼아

갈고닦고 다듬더니
세계적인 명품이 나온다

아무리 전자책이 좋다한들
한번 본 책은
다시 볼 수 없는 쓰레기로 보내야만 할까

선조들이
선배들이
피와 땀으로 구입한
그 보석과도 같은 많은 책들
이제라도
어디 백화점 도서관은 못 가도
가정에서 사회로
사회에서 국가로
대대로 이어진다면
그보다 값진 보물이 어디 있을까

딸네 집에서

어릴 때 갈래머리 땋아
고무줄 묶어주며 키운 딸

울컥 그리워져
발길 따라가 찾아가 보니
소싯적 마누라 얼굴이
앞치마에 손 닦으며
살포시 맞이하네

평시에 그리웠던 그 임의 얼굴
해맑고 고운 모습 마주치니
뜨거운 정이 더욱 솟구치는구나

살림살이 기웃거리며
하고 싶은 말은 많은데

저 환하고 가냘픈 촛불 일그러져
내 임 모습 사라질까 두려워
속으로만 애태우다

바쁜 듯이 일어났다네

발길은 내 집으로 향해도
이런,
고개는 자꾸 돌아봐 지는걸

젖먹이 손자가
뒤뚱뒤뚱 걸음마하고
내 딸 얼굴 보일 때쯤이면

그때는 나
손에서 애틋한 내 딸을
놓아줄 수 있으려나

새야 나도 날아

너만 높이 나는 줄 알아
나도 높이 날 수가 있어

따뜻한 봄이 되니
새싹이 돋아나고
사방에 꽃이 피더니
새들도 지저귀며 난다

노후 된 우리 아파트에도
엘리베이터가 오래되었다고
교체공사를 하다 보니
덕분에 하늘을 찌른다

한라인의 공사로
옆라인으로 가자니
옥상으로 넘어가는 길은
힘들고 불편하여도
오르내릴 때마다
내가 하늘을 난다

닭장 같은
아파트 공간에서 나오고 보니
모든 집이 밑으로 보여
내가 마치 새같이 공중을 난다

교체공사가 완성되더니
고급빌딩에서나 보던
아름답고도 소리 없이
빠르게 오르내리는 길은
내가 마치 공중을 난다

따뜻한 이 봄
코로나를 물리치고
좋은 임과 함께
아주 멀리멀리 날고 싶어라

비밀번호

우리의 삶 속엔
너무나 많은 비밀 번호가 있다

아파트에 들어가려면
출입문 비밀번호
컴퓨터 일을 하려 해도
비밀번호
핸드폰에도 도난 시
개인 정보 유지를 위한 비밀번호
적금통장에도
비밀번호가 있어야 손실을 예방한다

귀중한 서류에는
1.2.3급 비밀과 대외비가 있다

그러나
너무 많은 비밀번호일수록
혼돈을 방지하기 위해서
철저한 관리책임이 따른다

비밀은
잘 관리하고 유지할 때
큰 성과를 거두게 된다

부채

그 옛날 더위에
부채가 전부였던 시절
대나무에
그 자그마한 창호지 한 장에 입힌
도구가 좌우로 움직이면
시원한 바람이
온몸을 녹여 주었다

한 많은 세월은
산을 넘고 물은
얼마나 건넜던가

이제는
선풍기라는 괴물은
몇백 배의 시원한 바람으로
시원케 해주더니
어느새
에어컨으로
방 안에 있는
모든 사람에게
몸도 마음도
다 녹여주니
오래 살아볼 일이다

사람인데

사시사철의 자연을 보면
살아 움직이는 동물과 식물은
사람들에게 많은 교훈을 준다

동물의 왕국에 사자는
모든 동물을 잡아먹지만
제 새끼는 사랑으로 잘 키워
가족을 만들고 부족을 만들어
지역을 지배하며 살아간다

그런데
사람들이 사는 이 세상은
오랜 역사와 전통이 있다는
나라들이 사자와 다른 게 무엇인가

인류가 사는 민주국가에서
자기와 조금 다르다고
쥐도 새도 모르게 아니라
공개적으로 자랑이나 하듯

죽이고 살리는 전쟁을 한다
죽이는 것도
총, 포, 미사일을 넘고 나면
인류가 다 망할 것인데
일촉즉발의 위기 속에 산다

온 세계가
사람이 사람다움을 잃지 않고
한 지구 한 지붕 아래
다 함께 서로서로
옹기종기 아름답게 모여
행복하고 평화롭게 살길 소망한다

□ 서평

신앙의 길, 시인의 꿈

- 황희종 첫 시집 『저 높은 곳을 향하여』

최 봉 희(시조시인, 평론가, 글벗 편집주간)

시란 무엇일까? 교과서적인 이야기지만 대체로 이렇게 정의한다.

"시란 자신의 생각과 감정을 운율을 빌려 함축적인 언어로 표현한 글"

이 정의는 교과서적인 정의이나 맞았다고 할 수도 없고 틀렸다고 할 수가 없다. 뭐 그런 말이 있느냐고 반문하는 이가 있을 것이다. 세상에는 한마디로 딱 잘라서 말하기 어려운 경우가 있다. 시도 마찬가지다. 시는 아름다운 말로 꾸민 것, 산문보다 짧은 글, 운율이 있는 글, 감동을 주는 글, 다 맞는 말이다.

예를 들면 황지우 시인의 한 줄 시 "묵념, 5분 27초"가 그렇다. 황지우 시인의 첫 시집 『새들도 세상을 뜨는구나』에 실려 있는 시다. 다양한 형식과 비유, 암시 등을 사용하고 있다. 묵념을 하되 5월 27일을 생각하면서 5분 27

초 동안 하자는 의미다. 분명 앞뒤가 맞지 않는 말이지만 그 안에 어떤 진리가 담겨 있다면 바로 시인 것이다.

운율에는 내재율과 외형률이 있고 비유와 상징을 많이 사용한다. 그리고 심상을 활용한다. 다시 말해 어떤 대상을 생각했을 때 마음속에 떠오르는 느낌이나 이미지다. 흔히 시각, 청각, 후각, 미각, 촉각을 활용한다.

따라서 시의 개념은 계속해서 확장되고 있다. 앞으로도 시의 울타리는 더욱 넓어질 것이다. 시 안에 신문 기사나 광고 문구를 끼워 넣는다든지 그림이나 사진을 활용한 디카시도 유행이다. 요약하면 시의 영역과 구성 원리는 무한대라고 할 수 있다.

글벗문학회 회원 중에 매일 신앙 고백하듯이 신앙시를 쓰는 목회자가 있다. 바로 황희종 시인이다. 수필가이자 목회자로 활동하는 시인이다. 그는 파월 국가 유공자이면서 경찰공무원으로 퇴직하여 국가발전 옥조근정훈장을 수상한 것은 물론 제34대 청룡봉사상 신상을 수상하기도 했다. 물론 2005년에 문학세계에서 수필로 등단한 이후 수필집을 출간했다. 서울지방경찰청, 경기북부경찰청 경목실장 등을 역임하면서 지금도 끊임없이 시를 쓰고 공부하고 있다. 한국작가회의 고양지부 이사와 상황문학 문인회 이사 등을 역임했고 한국기독교문인협회 회원으로 성결대학교 신학대학원 졸업한 이후에 미국 킹데이비드 상담학박사 학위를 수여 받았고 틈만 나면 어려운 이웃을 돕는 서예가, 평생

교육사, 복지사, 행정사로 활동하고 있다.

그렇다면 금번에 출간하는 황희종 첫 시집 『저 높은 곳을 향하여』는 어떤 시상을 담고 있을까?

나의 한때 푸른 꿈은
삼다(三多)의 한라산에
초가삼간 집을 짓고
사랑하는 우리 임과
산을 호령하며
한 백 년 살고팠다

티 없이 맑고 푸른 초원
티 없이 맑고 푸른 바다에
티 없이 맑은 사람들과
산야를 호령하는
카우보이 목장장이었다

목구멍이 포도청이라 했던가
당장에 먹고살기 힘들다고
어려운 공직의 사명으로
나라의 안녕과 평안을 위해
대정 몽생이가 변하여
사람은 서울을 찾아
보람되게 보냈건만
어찌 난 지금도
저 푸른 꿈을 접지 못하는 것일까
- 시 「접지 못한 푸른 꿈」 전문

세상의 모든 일은 복잡하다. 한 번에 되는 일은 단 한번도 없다. 어떤 일이든 작은 조각들이 전체를 이루며 그 조각들 사이에는 순서와 질서가 있다. 그 순서와 질서를 바로잡기 위해 시인은 저 높은 곳을 향하여 자신의 비전을 피력한다.

그렇다면 황희종 시인의 꿈은 무엇일까? 앞에서 말한 바와 같이 제주도 한라산을 바라보면서 사는 삶이다. 시집 제목에서 의미하는 바와 같이 그의 삶은 배움의 꿈, 경찰관 복무에서 시작했다. 그리고 목회자, 그리고 수필가, 시인의 꿈을 실현해 가고 있다. 마침내 서울경찰청 전담목사로 활동했고, 문학세계 수필로 등단하면서 수필집을 출간하기도 했다. 지금은 시 공부를 열심히 하면서 시인의 길을 걷다가 이렇게 시집을 출간하기에 이르렀다.

나는 한때
즐겁게 학문을 넓힌다고
한 푼 두 푼 모아질 때마다
책을 사고 모았다

(중략)

어렵디 어렵던 그 시절
용돈이 모자라
월급 때마다 떼고 또 떼어
어렵게 산 한 두 권의 책이
이제는 수백 권

나이가 들다 보니
잘 보이지도 않는다
보기도 힘들어진다

이 귀한 책이
쓰레기로 가기 전
가장 중요한 책부터
하나둘 짐을 싼다
어찌 이렇게도 싸기 힘들까

귀한 딸 시집보내는 건
일도 아니다
좋은 사위 만나 잘 살면
오죽이나 좋으련만
그렇지 못할까 봐
하나둘 만지고 다시 세어본다

(중략)

나는 나의 사랑하는 책을
더 늦기 전에
귀한 이에게 전수하련다

한 알의 밀알이 썩어져
열매를 맺듯
백배의 결실을 맺고 싶다
– 시 「쓰레기는 따로 있지」 전문

책은 이미 세상을 살았던 사람들의 소중한 지식과 경험, 정신과 사랑을 담은 소중한 자료다. 그런 의미에서 책은 새로운 세계를 향한 탐험이다. 책은 희망의 도구다. 그래서일까? 시인이 생각하는 가치 있는 힘은 독서의 힘, 밀알의 힘이다. 이 모든 일은 사랑이 있어야 가능하다. 삶에 대한 사랑, 나에 대한 사랑, 그리고 이웃에 대한 사랑이 세상의 모든 싹을 틔우는 힘이다. 책을 펴면 희망도 펼쳐지고 사랑을 만날 수 있다. 아울러 책을 펴면 사랑도 하게 된다.

무엇보다도 시인이 신앙의 길을 걸으면서 시인의 꿈을 실현하는 것은 마음에 하나의 샘을 갖는 것이다. 그 샘에서 사랑과 기쁨의 샘물이 없으면 불가능하다. 그 사랑가 기쁨의 샘물이 바로 책이었고 이제는 시(詩)가 아닐까 한다.

찬양과 노래는
건강에 좋다고 하지만
찬양은
하나님께 영광 돌리는 동시에
사람의 영과 육을 튼튼하게 만든다

노래는 사람에게
즐거움과 기쁨을 주지만
순간적이라는 한계가 있다

찬양과 노래는
동물도 춤을 추고

식물도 춤을 추며
만물에게 유익하다

찬양은
존귀하신 하나님께 영광을 돌리고
사람들에게 무한 축복을 내린다
– 시 「찬양과 노래」 전문

우리 한 사람 한 사람이 고귀한 것은 그를 통해서 세상이 더 나아지기 때문이다. 그 한 사람의 노력으로 자연이든 사람이든 물질이든 그만큼 아름답고 풍요로워진다. 그래서 시인은 시로 하나님을 찬양하고 노래한다. 어쩌면 그가 지닌 푸른 꿈의 하나다.

나도 한때
당신들과 같이
높고 푸른 꿈이 있었네

굽이굽이 마다
험난한 세월을
열심히 살다 보니
이제 노인이 되고 말았군요

노인이라 무시하지 말게
나에게도
자존심이 남아있다네
– 시 「존재」 전문

그리고 그에게는 존재의 꿈이 있다. 그 존재의 꿈을 시를 통한 찬양으로, 감사의 마음으로 다른 이를 축복한다. 이는 섬김의 마음이다. 작은 섬김의 마음이 씨앗이 되어 싹이 트고 열매를 맺는다.

앞에서 언급했듯이 시인은 행정가요 복지전문가다. 그의 관심은 그의 사명을 다하는 일이다. 사명이란 만들어내는 것이 아니라 찾는 것이다. 시인은 인생을 살아가면서 자신의 존재를 무던히 찾고 있다. 내가 좋아하고 내가 잘할 수 있고 사람들에게 도움이 되는 일이라면 그것이 바로 자신의 사명으로 생각한다.

푸른 꿈
어린이 보호를 위한
보호구역을 정하여
보호하고 관리한다

오직
자식 하나 잘되라고
이름도 빛도 없이
살아온 그대

이름 없는
노치원엔
이곳저곳 빈틈을 찾아
하나둘 모여든다

노인이 늘어나고
노파가 많아지는 세상에
이곳저곳에 방황하는 어르신

노치원을 확장하고
보호하고 보살피는
구역이 확대 발전되어

따뜻한
노후의 보금자리가
요망되는 세상
– 시 「노치원」 전문

유치원이 아닌 노치원에서 시인은 말한다. 자신의 생각을 시로써 전하면서 세상의 변화를 꿈꾸는 것이다.

그의 시집의 서문에서 시인은 이렇게 말한다.
"그동안에 쌓은 보석과도 같은 일기와 시를 갈고 다듬어서 어두운 세상에 빛과 소금의 사명으로 불우한 이웃에게 참 희망과 용기의 삶을 꼭 전해주고 싶다"고.

한 번밖에 없는 인생
피땀 흘려 벌어서
먹을 거 다 먹고
배울 거 다 배우고
구경할 거 다하다

떠나가면 좋으련만

아직도
연어같이 황소같이
일만 하다 가면
너무 허무한 게 아니던가
－시 「연어의 일생」 일부

인간은 연어같이 황소처럼 일만 하는 것이 아닌 먹는 즐거움과 여행의 삶도 누려야 한다. 그러기 위해서는 우리는 사랑을 배워야 한다. 끊임없는 배움으로 새로워져야 한다. 자신이 그 무엇을 사랑하고 있는지 없는지 알 수 있는 가장 좋은 방법은 '그를 위해 나는 노력하고 있느냐는 것'이다. 신앙인이 "하나님을 사랑합니다."라고 말할 때는 "나는 당신을 위해 이렇게 변하고 있습니다."라고 고백이 포함되어 있어야 한다.

평소엔 그저
추울 때나
감기 걸렸을 때
검, 백색으로 가렸던
그 옛날을 보내고

코로나란 세풍에
일곱 색깔을 넘어
모양도 패션시대로 변했다

따뜻한 봄과 함께
실외는 해제가 되어도
아직도 이곳저곳엔
습관이 되어버린 마스크 차림은
너나 할 것 없이
질서가 정연하다

어서어서
우리의 삶에도
꽉악 닫혀진 입가의 대문이
따뜻한 봄과 함께 활짝 열어다오
– 시 「마스크 반란」 전문

선택의 여지가 없을 때는 정면으로 부딪치는 것이 가장 좋은 방법이다. 임시방편이나 핑계는 문제를 복잡하게 할 뿐, 근본적으로 해결해 주지 않는다. 다만 질서 속에서 마음의 명령을 따르는 것이다. 어려움을 피해가는 것이 아니다. 본질의 문제에 부딪히면서 문제를 해결하는 것이다. 시인은 소망한다. 코로나로 인한 팬데믹 상황에서 질서 있는 삶을 추구하다가 자유롭고 여유로운 삶을 꿈꾸는 것이다.

태양은 만물에게
없어선 안 될 생명이다

남향집은 / 여름엔 해를 가리니 시원하고
겨울엔 해가 들어 따뜻함을 준다

산에 들에 꽃나무들도
해가 비치는 곳에는
춤을 추며 무럭무럭 잘 자라
좋을 열매를 맺으나
해가 없는 곳에는 생명력이 없다

인간과 동물에게도
해를 안고 사는 사람들은
해같이 빛나고 / 생기 있게 잘 살아간다

인간이 로켓을 쏘아 / 달나라를 간다고 한들
온 지구를 만든 / 전능하신 하나님과
어찌 비교할 수 있을까
– 시 「해님」 전문

시인은 목회자이며 상담가이고 신앙인이다. 그는 복의 통로로 전능하신 하나님을 신뢰한다. 우리에게는 고귀한 소망이 있다. 나와 함께 하는 사람들, 함께 공부했던 친구들, 모두가 행복한 삶을 꿈꾸면서 나를 만나서 함께 한 사람들이 잘되길 소망한다. 내가 그들의 삶에 좋은 통로가 되고자 하는 것이다. 그 밑바탕에는 바로 해님(하나님)이 있다는 사실을 깨닫는다.

그 옛날 / 시골에서 만나 봤던 초승달은
오늘도 일산 위에도 떴네

그 옛날 / 새벽 별의 닭 울음소리를 듣고

논과 밭을 갈고
산 중턱에서 소먹이를 배웠지요

오늘따라 / 티 없이 밝은 초승달은
나에게 이름을 밝혀준다

기도하고 성경 보고 / 찬양하며 복음 전하며
하루의 삶을 영글게 한다
– 시 「초승달」 전문

사랑하고 있는 사람은 언제나 민감하고 예민하다. 나뭇잎 하나도 새벽에 뜬 초승달도 구름 한 점 떠가는 것도 작은 새가 우는 소리 하나도 그냥 지나치지 않는다. 그래서 시인은 자연을 사랑하고 이웃을 사랑하는 존재다. 모두가 사랑의 시이고 몸짓이며 노래이며 천리안을 가진 존재가 된다. 연인을 사랑할 때처럼 삶을 사랑하면서 하루하루를 기쁘게 사는 것이다. 사람들의 작은 목소리도 들리고 꽃 한 송이의 몸짓에서 행복을 느끼는 것이다.

그 먼 옛날 / 젊은 나이에
자유의 십자군으로 파병
주야 가림이 없는 전투에도
살아남은 걸 생각할 때마다
감사가 떠오른다

미지의 나라 / 정글의 나라

타잔의 나라 / 낮엔 낮대로
밤엔 밤대로 / 전선이 없는 정글 속에서도
때론 쉬는 날도 있었다

내일을 알 수 없는 전우들은
부모 형제와 애인들에게
편지를 쓰며 위로받지만
이것도 저것도 없이 / 나라를 원망하거나
향수를 못 이긴 전우들은
전투에 앞서 / 아쉽게도 먼저 죽어갔다

코로나로 3년째 / 나름대로 고난을 헤치고
열심히 사는 사람들은 / 더 건강하게 사는데
모든 걸 포기하고 / 방콕이나 하면서 좌절한 사람들은
코로나라는 전투에 앞서 / 이름 모를 질병으로
때 이른 나라로 달려간다

칼뱅의 말이 아니더라도
감옥에서도 / 주어진 환경을 잘 개척하며
열심히 살면 / 우리에겐 결코
어려운 것만은 아닐 것이다
- 시 「자유의 십자군」 전문

희망이 있는 사람은 기다릴 줄 안다. 언젠가 그날을 만나고 즐거워할 것이기 때문이다. 오랜 기다림도 지루하지 않다. 그래서 기다림은 참으로 아름다운 일이다. 누군가를,

무엇인가를 만날 희망을 품고 노력하는 삶, 그 삶은 지혜로운 삶이다. 코로나로 인한 팬데믹 시대, 혹은 인공지능에 의존하는 세상의 모든 기다림은 사랑이 담겨 있다. 모든 일은 한순간이 결코 아니다. 날마다 조금씩 구체적으로 완성되는 것이다.

세상을 오래 살수록
많은 지혜와 총명이 밝아진다

그래서 예부터 / 어른의 말은 지혜의 근본이라 했다

아무리 과학이 시대라 하지만
어른의 말은 무시할 수가 없다

그런데 최근 / 코로나로 팬데믹으로
많은 사람들이 / 용기를 잃고
비틀거리고 있다

거리마다 / 사람마다
걷는 모습을 보면 / 힘과 용기를 잃고 있다

아무리 세상이 변해도 / 내 의지와 용기를 잃지 않으면
머지않은 날 반드시 / 해가 나고 빛이 나고
봄꽃 향기 속에 / 좋은 열매를 거둘 것이다
최후의 승리자는 / 끝까지 용기를 잃지 않은 자의 것이다
- 시 「맥이 없다」 전문

가다가 힘들고 지칠 때가 있다. 그러나 사랑과 지혜와 용기로 꾸준히 힘써 나아가야 한다. 그 꾸준한 걸음 끝에 내가 바라는 세상이 펼쳐지기 때문이다. 이제 좋은 날을 기대해 보자. 이제부터 그동안 쌓은 경험과 지혜들이 좋은 날을 만들 것이다. 그동안의 아픔의 눈물은 내일의 좋은 일을 맞이하기 위한 준비가 아니겠는가. 아침은 날마다 새롭게 찾아올 것이다. 봄도 다시 올 것이다. 물론 내일도 아프고 쓰린 일이 다가온다. 하지만 지혜와 사랑으로 그리고 용기로 극복할 수 있다.

넓고 깊은 산골마다 / 수만 년의 세월에
비바람과 태풍을 이겨낸 / 흔적이 고스란히 남아있다.

패이고 찢기는 고통 속에도
한마디 말도 못 하며 / 참아온 노인의 자국처럼 말해준다

젊을 때는 아픈 곳도 모르고 / 앞만 보고 달려온 그들은
오십 대는 오십견으로 / 육십 대는 허리 다리 통증으로
칠십 대가 되면 모두가 / 셀 수 없는 약봉지로
하루 이틀 연명하며 산다

산과 절벽 같으면 / 아름답게도 보이련만
사람은 사람이라 / 돌아올 수 없는
계곡의 주름살만 늘어나니

나의 이 몰골은 / 무엇에 쓰일까
– 시 「골짜기마다」 전문

누구에게나 자기 분량의 고통이 있다. 고통을 이해하고 그것을 넘어서면 드디어 기쁨과 평안이 다가온다. 고통 속에서도 새로운 삶의 의미와 기쁨을 찾아내는 것이 시인의 역할이 아니겠는가. 세상이 비록 고통으로 가득해도 그것을 극복하는 힘과 방법은 다양하다.

시인 한 사람의 글 쓰는 일은 작은 일일 수도 있다. 하지만 그 일은 누군가에게 어떻게든 영향을 준다. 나를 통해서 누군가가 힘을 얻고 기뻐한다면 그것은 삶의 세계를 깊이 누리는 것이다. 동시에 세상을 변화시키는 일이다. 그렇게 시인의 사명은 막중하다.

내가 사는 가정에서 행복을 나누면 지구 한 모퉁이가 깨끗해지듯이 그렇게 '주는 마음'을 넓혀 가면 모든 사람이 즐거울 수 있다. 좋은 것을 많이 나눠서 망한 회사도 없고, 실패한 인생도 없다. 나의 노력으로 세상이 변하는 흥분과 설렘을 꼭 경험할 수 있다면 얼마나 멋진 일인가.

지금껏 황희종 시인의 신앙의 길, 시인의 꿈을 살펴보았다. 그의 신앙의 길은 행복을 추구하는 성찰하는 삶을 살면서 코로나 팬데믹에 빠져 비틀거리는 세상에 용기를 주면서 세상을 변화시키는 시인의 꿈을 갖고 있다.

시인은 목회자이며 복지가요 상담가다. 그는 복의 통로로 전능하신 하나님을 신뢰하면서 자신도 다른 이에게 복의 통로가 되고자 하는 소망이 있다.

시인은 다시금 말한다. 그동안에 써왔던 일기와 시를 갈고 다듬어서 어두운 세상에 빛과 소금의 역할을 다하는 사 시인, 불우한 이웃에게 참 희망과 용기의 삶을 꼭 전해주는 신앙인이 되고 싶다고 고백한다.

코로나로 / 사방이 봉쇄라
어쩔 수 없어 / 방콕에서 보낸다

세월과 함께 / 조금씩 문이 열리자
복지관이나 / 유명 교수님을 찾아
반드시 시인이 되고 싶어
많은 강의를 듣고 듣는다
- 시 「대기만성」 중에서

그가 꿈꾸는 신앙인의 길, 그리고 배움으로 정진하는 시인의 꿈은 분명하다. 세상의 빛과 소금의 역할을 담당하는 신앙인, 시인이 되고 싶은 것이다.

아무쪼록 첫 시집 『저 높은 곳을 향하여』를 통해서 그의 꿈을 향한 첫 출발이기에 적극적으로 응원하고 작은 힘을 보태고 싶은 마음이다. 시인의 꿈이 아름답게 실현되길 소망한다. 그가 꿈꾸는 신앙의 길, 시인의 꿈이 곧 행복이 되길 소망한다.

■ 글벗시선 196 황희종 첫 시집

저 높은 곳을 향하여

인 쇄 일 2023년 5월 9일
발 행 일 2023년 5월 9일
지 은 이 황 희 종
펴 낸 이 한 주 희
펴 낸 곳 도서출판 글벗
출판등록 2007. 10. 29(제406-2007-100호)
주　　소 경기도 파주시 와석순환로 16,(야당동)
롯데캐슬파크타운 905동 1104호
홈페이지 http://guelbut.co.kr
E-mail juhee6305@hanmail.net
전화번호 031-957-1461
팩　　스 031-957-7319
가　　격 12,000원
I S B N 978-89-6533-254-1 04810

* 잘못된 책은 바꿔 드립니다.